AF314225

VENTE

Du Jeudi 30 Novembre 1911

HOTEL DROUOT, SALLE N° 1

A DEUX HEURES ET DEMIE

TABLEAUX ANCIENS

COMMISSAIRE-PRISEUR

Mᵉ F. LAIR-DUBREUIL

6, rue Favart

EXPERT

M. Jules FÉRAL

7, rue Saint-Georges

CATALOGUE

DES

TABLEAUX ANCIENS

Par :

J. ASSELYN, JULIEN BOILLY, J. ET A. BOTH,

BOUDEWYNS, LE BRONZINO, M. DUPLESSIS, J. FYT, DIRK HALS,

HEINSIUS, HUGTENBURGH, F. LE MOYNE,

LE NAIN, J.-B. LE PRINCE, LINGELBACH, F. MANS,

MATTEO DI GIOVANNI, MIEREVELT, JEAN ET NICOLAS MOLENAER,

P. MOLYN, J. DE MOMPER,

P. MOREELSE, MORONI, PALAMEDES, VAN POL, S. RICCI,

G. SCHALCKEN, M. SCHOEVAERDTS,

A. STORCK, R. TOURNIÈRES, Mme VALLAYER-COSTER,

F. ZURBARAN, ETC., ETC.

Et dont la Vente aura lieu à Paris

HOTEL DROUOT, SALLE N° 1

LE JEUDI 30 NOVEMBRE 1911

A DEUX HEURES ET DEMIE

COMMISSAIRE-PRISEUR	EXPERT
M° LAIR-DUBREUIL	**M. JULES FÉRAL**
6, rue Favart	7, rue Saint-Georges

EXPOSITION PUBLIQUE

Le Mercredi 29 Novembre 1911, de 2 heures à 6 heures

CONDITIONS DE LA VENTE

Elle sera faite au comptant.

Les adjudicataires paieront *dix pour cent* en sus des en-
chères

Paris. — Imp. de l'Art, CH. BERGER, 41, rue de la Victoire.

DÉSIGNATION

TABLEAUX ANCIENS

ASSELYN
(JEAN)

1 — *Monuments en ruines.*

Des artistes dessinent sous une voûte.
Signé du monogramme.

Toile. Haut., 68 cent.; larg., 54 cent.

BAUDOIN
(Attribué à PIERRE-ANTOINE)

2 — *La Nuit.*

Composition gravée.

Toile. Haut., 49 cent.; larg., 39 cent.

Cadre en bois sculpté.

BOILLY
(JULIEN-LÉOPOLD)

3 — *Le Tableau parlant.*

La composition représente une scène de la comédie
« Le Tableau parlant », avec les portraits des acteurs.
Dans l'atelier du peintre, un compère de celui-ci s'est
caché derrière un chevalet et a passé son visage par
l'ouverture pratiquée à la place de la figure du portrait.
Le tour devait être fort bien réussi, à en juger par la
stupeur et la colère du personnage qui se tient devant
le chevalet, et aussi par celle des autres témoins, sur-
tout par l'expression narquoise du peintre et de son
petit aide qui paraît tout heureux d'avoir participé à
une mystification de rapin.

Signé à gauche.

Toile. Haut., 58 cent ; larg., 71 cent

(Collection Montcalm, de Montpellier.)

BOTH
(JEAN)

4 — *Paysage d'Italie.*

A gauche sur une route un paysan accompagné d'un
chien et poussant une mule devant lui.

Bois de forme ovale.

Toile. Haut., 47 cent.; larg., 63 cent.

BOTH
(ANDRÉ)

5 — *La Halte à la source.*

Des villageois et leurs chevaux sont arrêtés devant
une source sur une route dominant une vallée.

Toile. Haut., 47 cent.; larg., 60 cent.

BOTH
(Attribués à JEAN)
(DEUX PENDANTS)

6-7 — *Paysages d'Italie.*

Toiles. Haut., 42 cent.; larg., 50 cent

BOUCHER
(Attribué à FRANÇOIS)

8 — *Le Petit dénicheur d'oiseaux.*

Modèle pour tapisserie.

Toile. Haut., 40 cent., larg., 32 cent.

BOUDEWYNS
(ADRIEN-FRANÇOIS)

9 — *Bords de rivière.*

Au premier plan, de nombreux personnages devant les murs d'un village.
Signé des initiales.

Bois. Haut., 23 cent.; larg., 31 cent.

BRISTOW
(EDWARD)
XIXᵉ siècle

10 — *Intérieur de ferme.*

Dans l'étable couverte de chaume et largement ouverte, une vieille paysanne assise épluche une carotte. Devant elle, une vache, un veau, un chat sont couchés ; par terre, une botte d'oignons ; à droite, par la baie, une échappée sur un jardin et un coin de ciel bleu. Dehors. un seau et un tonneau de citerne.

Bois. Haut., 49 cent ; larg , 65 cent.

BRONZINO
(ANGELO di COSIMO, dit IL)

11 — *Portrait de Cosme Ier*.

Vu de trois quarts jusqu'à mi-corps. Il est vêtu d'un pourpoint brodé d'or et d'un manteau garni de fourrure. Un col de guipure est rabattu sur le pourpoint sur lequel s'étale la Toison d'Or. Il tient un foulard blanc à la main.

Bois. Haut., 91 cent.; larg., 71 cent.

CHARDIN
(Attribués à JEAN-BAPTISTE)
(DEUX PENDANTS)

12 — *Fruits et pâté*.

13 — *Fruits et poissons*.

Toiles. Haut., 38 cent.; larg., 55 cent.

Cadres en bois sculpté.

DE MARNE
(Attribués à LOUIS)
(DEUX PENDANTS)

14 — *Fête de village*.

15 — *Entrée de ville*.

Compositions à nombreux personnages.

Toiles. Haut., 21 cent.; larg., 32 cent.

DUPLESSIS
(MICHEL)

16 — *Le Départ du bivouac.*

Au centre, un homme d'armes offre un verre de vin rouge à une paysanne portant un ballot sur son dos.
Signé à gauche.

Bois. Haut., 55 cent.; larg., 70 cent.

Cadre en bois sculpté.

FYT
(JEAN)
(DEUX PENDANTS'

17 — *Chien et animaux de basse-cour*

18 — *Chat, oiseaux et gibier.*

Fonds de parc.

Toiles. Haut., 98 cent.; larg., 1 m. 30 cent.

FYT
(Attribué à JEAN)

19 — *Fruits et gibier sur une table.*

A droite un chien.

Toile. Haut., 1 m. 27 cent.; larg., 1 m. 02 cent.

HALS
(DIRK)

20 — *Les Cinq Sens.*

Neuf personnages sont réunis dans un parc ; des dames, assises près d'une table, chantent, accompagnées par un joueur de luth.

Un gentilhomme en habit marron, le poing sur la hanche, fait sentir une rose à sa compagne debout près de lui.

Au second plan, un couple s'embrasse, une jeune femme mange une cerise, un homme regarde dans une lunette

Signé à gauche : *D. Hals, anno 1624.*

Gravé par Kettensteyn.

Bois. Haut., 34 cent.; larg., 45 cent.

(Collection du Comte André Mniszech).

HALS
(DIRK)

21 — *La Partie de musique.*

A droite, un buveur accoudé sur un tapis rouge devant une dame vue de dos.

Bois. Haut., 36 cent.; larg., 43 cent.

N^o **22**

HEINSIUS
(JEAN-JULES)

22 — *Portrait de Jeune Femme.*

En robe de soie de couleur lilas, décolletée et ornée
de dentelle, un nœud vert sur la poitrine ; elle porte un
grand bonnet de mousseline avec rubans de soie sur
une haute coiffure bouclée et légèrement poudrée.

Dans le fond, un buisson de roses.

Toile. Haut., 67 cent.; larg., 53 cent.

HOPPNER

(Attribué à JOHN)

23 — *La Petite Fermière.*

Une fillette blonde assise dans la campagne tient
une cuillère d'étain au-dessus d'un petit pot de terre
appuyé sur son jupon rouge.

Toile. Haut., 75 cent.; larg., 62 cent.

HOPPNER

(Attribué à JOHN)

24 — *Portrait de Jeune Fille.*

Les cheveux châtains bouclés et pendant sur les
épaules, vêtue d'une robe de mousseline blanche, serrée
à la taille par une ceinture violette, elle est vue à mi-
corps, accoudée sur une table.
Fond gris avec rideau rouge.

Toile. Haut., 75 cent.; larg., 62 cent.

HUGTENBURG

(JEAN VAN)

25 — *Combat de cavaliers.*

Des cavaliers ont attaqué un camp où les tentes sont
encore dressées. A gauche, des rochers s'élèvent cou-
verts de broussailles.

Vers le fond, la fumée de la poudre ou de l'incendie
se répand dans la vallée.

Toile. Haut., 50 cent.; larg., 75 cent.

JULIARD
(NICOLAS)
(DEUX PENDANTS)

26 — *Le Pont de pierre.*

27 — *Le Torrent.*

Compositions avec figures et animaux.

Toiles. Haut., 32 cent.; larg., 40 cent.

KALF
(Attribué à WILHEM)

28 — *Fruits et Nature morte.*

Toile. Haut., 67 cent.; larg., 58 cent.

KALF
(Attribué à WILHEM)

29 — *Le Compotier de fraises.*

Bois. Haut., 67 cent.; larg., 52 cent.

LE MOINE

30 — *Hercule et Omphale.*

Variante du tableau du Louvre.

Toile. Haut., 1 m. 15 ; larg., 1 m. 20 cent.

LE NAIN
(LES FRÈRES)

31 — *Paysans français.*

Une paysanne vue de face, une jeune fille tenant une
cruche en grès, et deux bambins en train de manger,
sont assis autour d'une table en partie couverte d'une
nappe.

Toile. Haut., 49 cent.; larg., 58 cent.

LE PRINCE
(JEAN-BAPTISTE)

32 — *Le Joueur de Balalaye.*

Des paysans orientaux sont réunis devant une ca-
bane, un homme aux cheveux et à la barbe hirsute
joue d'un instrument à cordes. Une jeune femme
blonde en robe bleue est agenouillée à terre ; derrière
elle, une autre jeune femme est enveloppée dans un
manteau rose qui lui couvre la tête. A droite, un enfant caresse un chat. Deux autres personnages com-
plètent la composition.

Gravé par Henriquez en 1765.

Toile. Haut., 73 cent.; larg., 58 cent.

№ 32

LINGELBACH
(JEAN)

33 — *Halte à la fontaine.*

Une fontaine est formée d'un monument de pierre, coulant dans une vasque où des chevaux sont conduits à l'abreuvoir.

Au premier plan, des chasseurs arrêtés.

Fond de paysage accidenté traversé par un cours d'eau.

Signé à gauche et daté : *1662.*

Toile. Haut., 1 m. 28 cent.; larg., 1 m. 53 cent.

LIVERSEEGE
(HENRI)
xix° siècle

34 — *Portrait de Lucy Ashton.*

Elle est assise sur un rocher devant une source qui s'échappe sous une arche de pierre.

Vêtue d'une robe blanche; un châle rouge fixé sur ses cheveux bruns est drapé derrière elle.

Signé et daté : *1830.*

Gravé par Coombs.

Bois. Haut., 53 cent.; larg., 42 cent.

LORRAIN
(École de CLAUDE)

35 — *La Danse des Nymphes.*

Toile. Haut., 42 cent.; larg., 59 cent

LUCATELLI
(ANDRÉ)

36 — *Fête champêtre*.

Des paysans sont réunis en plein air prenant un repas sur une table de pierre. A gauche et au second plan des portiques en ruines.

Toile. Haut., 55 cent.; larg., 83 cent.

MANS
(FRÉDÉRIC)
(DEUX PENDANTS)

37 — *Les Patineurs*.

38 -- *Villageois au bord d'une rivière*.

Signés et datés : *1683*.

Bois. Haut., 31 cent.; larg., 39 cent.

MARTIN
(PIERRE)

39 — *Prise d'une ville en Flandre*.

Des cavaliers et des hommes à pied se battent au bord d'une rivière traversée par un pont.

Toile. Haut., 56 cent.; larg., 69 cent.

MATTEO DI GIOVANNI
(École de SIENNE)
xvᵉ siècle

40 — *La Vierge, l'Enfant Jésus et deux saints personnages.*

La Vierge est debout, vue à mi-corps, un manteau bleu couvrant ses cheveux blonds et tombant sur sa robe de brocart d'or à fond rouge.

La main gauche relevée, elle soutient de l'autre main l'Enfant Jésus debout sur un coussin et faisant le geste de bénir.

On remarque, sur un entablement de pierre couvert en partie d'un tapis, un chardonneret béquetant une cerise.

Deux saints personnages, à longues barbes, se détachent au second plan, sur un fond d'or gravé d'auréoles.

Très intéressant tableau en excellent état de conservation.

Bois. Haut., 68 cent.; larg., 46 cent.

MIEREVELT
(MICHEL)

41 — *Portrait d'Homme.*

Vu à mi-corps de trois quarts à droite, un poing sur la hanche, il porte un grand col de dentelle.

Daté : *1620*.

Toile. Haut., 70 cent.; larg., 60 cent.

MIEREVELT

(Attribué à MICHEL)

42 — *Portrait d'une Dame de qualité.*

Debout devant une table où est posé son livre d'heures,
la main gauche appuyée sur le bras d'un fauteuil, elle
porte une robe de soie noire brodée d'or, un bonnet et
des manchettes de dentelle, une fraise rigide autour du
cou.

Sur le fond on lit : *Aetatis 30-1631.*

Bois. Haut., 1 mètre ; larg., 77 cent.

MOLENAER

(JEAN)

43 — *Le Château en ruines.*

Devant les murs d'un vieux château fortifié, des
paysans sont arrêtés sur un chemin sinueux.
Vers la gauche, des pêcheurs au bord d'une mare.

Bois. Haut., 40 cent. ; larg., 35 cent.

Cadre en bois sculpté.

MOLENAER

(NICOLAS)

44 — *Patinage en Hollande.*

Deux villageois sont réunis sur un canal gelé à
l'entrée d'une ville fortifiée. Un cheval blanc boit dans
une auge devant un puits.

Signé à gauche en toutes lettres.

Bois. Haut., 35 cent.; larg., 30 cent.

MOLYN
(PIERRE)

45 — *Le Chemin tournant.*

Un villageois monté dans une charrette passe devant
une église entourée d'arbres.

Bois. Haut., 34 cent.; larg., 26 cent.

MOMPER
(JOSSE DE)

46 — *Les Moulins.*

Un pont de pierre à une seule arche domine une rivière.

Bois. Haut., 40 cent.; larg., 71 cent.

MOREELSE
(PAUL)

47 — *Portrait d'une Dame hollandaise.*

Debout, vue jusqu'aux genoux, son visage à l'expression un peu naïve émerge d'une épaisse collerette blanche. Autour de sa tête, elle porte une sorte de bonnet de dentelle.

Elle est vêtue d'une robe noire qui nous laisse apercevoir un gilet doré à ornements de couleurs. Les manches ont des revers de dentelle et ses poignets sont entourés de bracelets.

De sa main droite ornée de bagues, elle serre une épaisse chaîne en or, enroulée autour de sa taille.

De la main gauche, elle tient des gants blancs à poignets richement ornés.

En haut, à gauche, on lit : *Aetatis, 24, Anno 1622.*

Haut., 1 mètre ; larg., 71 cent.

Cadre en bois sculpté.

No **47**

MORONI
(JEAN-BAPTISTE)

48 — *Portrait de Filippo Rainoldi.*

Assis, de trois quarts à gauche, vêtu de noir, la main droite posée sur un livre, la gauche sur la cuisse. Il porte un petit col rabattu et des manchettes ruchées. Le fond porte cette inscription :

FILIPVS. RAINOLDVS
ALME. VRBIS SENATOR
ANNO 1564.

Toile. Haut., 1 m. 2 cent.; larg., 81 cent.

MORONI
(Attribué à JEAN-BAPTISTE)

49 — *Portrait d'Homme.*

Les cheveux courts, la barbe blonde, un manteau à larges revers sur son pourpoint sombre.

Toile. Haut., 42 cent.; larg., 49 cent.

NAIVEU
(MATHIEU)

50 — *Portrait d'un chasseur.*

Il est assis dans la campagne au pied d'un arbre, tenant son fusil et caressant son chien. Signé et daté : *1674.*

Bois. Haut., 37 cent.; larg., 33 cent.

NATTIER

(Attribué à JEAN-MARC)

51 — *Portrait du Duc de Chaulnes.*

Il est représenté à mi-corps, en armure avec le grand cordon du Saint-Esprit ; les cheveux blonds, relevés sur le front et bouclés sur les oreilles, sont noués d'un catogan pendant sur la nuque.

Fond de ciel.

Toile. Haut., 80 cent.; larg., 71 cent.

Cadre en bois sculpté.

PALAMÈDES

(STEVENS)

52 — *Le Bal paré.*

Au centre, un homme en habit gris fait vis-à-vis à une dame blonde portant une élégante toilette bleue et noire.

Les musiciens sont assis au fond devant un mur gris.

Bois, Haut., 50 cent.; larg., 82 cent.

PANINI

(Attribué à)

53 — *Vue de Rome.*

Toile. Haut., 73 cent.; larg., 97 cent.

PIERSON

(CHRISTOPHE)

(DEUX PENDANTS)

54-55 — *Trophées de chasse.*

Toiles. Haut., 68 cent.; larg., 87 cent.

POL
(CHRÉTIEN VAN)

56 — *Pêches sur une table de marbre.*

Signé à droite des initiales.

Toile. Haut., 26 cent.; larg., 34 cent.

POTTER
(Attribué à PAUL)

57 — *Bœufs au pâturage.*

Sur un monticule, près d'un arbre, trois bœufs sont
au pâturage. L'un est couché, un autre debout, vu de
dos ; le troisième se frotte contre l'arbre. Au fond, à
droite, on aperçoit le clocher d'une église émergeant
d'un bouquet d'arbres.

Bois. Haut., 38 cent.; larg , 51 cent.

POUSSIN
(École du)

**58 — *La Sainte Famille avec saint Jean et
sainte Élizabeth.***

Fond de paysage.

Toile. Haut., 67 cent.: larg., 49 cent.

RICCI
(SÉBASTIEN)

**59 à 64 — *Compositions tirées de la Jérusalem
délivrée.***

Deux panneaux : Haut., 57 cent.: larg., 55 cent.
Deux panneaux : Haut., 58 cent.; larg., 75 cent.
Deux panneaux : Haut., 62 cent.; larg., 70 cent.

Suite de six panneaux qui sera divisée.

SCHALCKEN
(GODEFROY)
(DEUX PENDANTS)

65 — *Vieille Femme se chauffant les mains.*

66 — *Le Banquier.*

Effets de lumière.

Bois. Haut., 37 cent.; larg., 29 cent.

Cadres en bois sculpté.

SCHOEVAERDTS
(MATHIEU)

67 — *Le Parc.*

D'élégants personnages se promènent sur la terrasse d'un château. Au premier plan, des jardiniers travaillent dans un potager.
Signé en toutes lettres.

Cuivre. Haut., 37 cent.; larg., 52 cent.

(Collection du Comte André Mniszech.)

STORCK
(ABRAHAM)

68 — *Combat naval.*

Signé à gauche sur une épave.

Toile. Haut., 86 cent.; larg., 1 m. 32 cent.

STRY
(JACOB VAN)

69 — *La Route du Marché.*

Des villageois traversent avec une charrette un pont de pierre.
Signé.

Toile. Haut., 1 m. 62 cent.; larg., 1 m. 37 cent.

TENIERS
(Attribué à DAVID)

70 — *Les Blanchisseuses sous une grotte.*

Toile. Haut., 63 cent.; larg., 86 cent.

TOURNIÈRES
(ROBERT)

71 — *Portrait de Jeune Femme.*

A mi-corps, tournée vers la gauche, corsage blanc brodé d'or, décolleté, une écharpe bleue drapée sur l'épaule, une rose dans ses cheveux poudrés.

Toile. Haut., 70 cent.; larg., 67 cent.

Cadre en bois sculpté.

TURNER
(Genre de)

72 — *Vue de Venise.*

Sous un ciel bleu tacheté de légers nuages blancs, l'entrée du port, avec l'enchevêtrement des mâts et le grouillement bariolé des gondoles, des navires, au pied de la ville baignée de lumière blanche et jaune et dont les contours se perdent dans la brume mauve du lointain.

Toile. Haut., 39 cent.; larg., 59 cent.

VALLAYER-COSTER
(M᧐ᵉ ANNE)
(DEUX PENDANTS)

73-74 — *Fruits, verres de vin, plat d'huîtres.*

Toiles. Haut., 35 cent.; larg., 45 cent.

(Collection du Comte André Mniszech.)

VAN DYCK
(École d'ANTOINE)

75 — *Portraits d'Enfants.*

Toile. Haut., 80 cent.; larg., 64 cent.

ZURBARAN
(FRANÇOIS)

76 — *Saint Évêque en extase.*

Toile. Haut., 1 m. 24 cent.; larg., 1 mètre.

ZURBARAN
(FRANÇOIS)

77 — *Saint Évêque recevant l'inspiration du ciel.*

Toile. Haut., 1 m. 24 cent.; larg., 1 mètre.

ÉCOLE FRANÇAISE

78 — *Jeune Femme en Diane.*

> Debout dans la campagne, en robe rose, la peau de léopard drapée sur le corsage, elle tient une flèche et un arc.
>
> Toile. Haut., 80 cent.; larg., 62 cent.
>
> Cadre en bois sculpté.

ECOLE FRANÇAISE

79 — *Portrait de Femme avec un chien.*

> Toile. Haut., 91 cent.; larg., 73 cent.

ECOLE FRANÇAISE

80 — *Portrait de Jeune Femme coiffée d'un fichu de dentelle.*

> Toile. Haut., 72 cent.; larg, 59 cent.

ECOLE HOLLANDAISE
XVIIe siècle

81 — *L'Homme à l'orange.*

> Il est vu jusqu'à mi-corps, en vêtement noir, rabat et rebras blancs. Dans la main gauche relevée, il tient une orange et engage les doigts de la main droite dans l'ouverture du pourpoint.
>
> Bois. Haut., 86 cent.; larg., 60 cent.

ÉCOLE HOLLANDAISE

82 — *La Mauvaise compagnie.*

Toile. Haut., 41 cent.; larg., 33 cent.

ÉCOLE ITALIENNE
xvie siècle

83 — *Les Apôtres et les Prophètes chantant la gloire de Dieu.*

A droite, au premier plan, Jésus-Christ, couronné d'épines, joue du psaltérion. A sa droite, Jean-Baptiste, vêtu d'une peau de bête, tient un philactère portant : *Ecce Agnus.* Derrière eux, saint Thomas, saint Jérôme, d'autres docteurs de l'Église ; au milieu, Moïse, saint Pierre et, à gauche, derrière des apôtres qui tiennent l'Evangile ouvert, on voit saint Thomas de Canterbéry, reconnaissable au glaive qui lui est planté dans le crâne.

Bois. Haut., 1 m. 03 cent.; larg., 1 m. 27 cent.

ÉCOLE ITALIENNE

xvi⁰ siècle

84 — *Portrait de Philippe Stozza.*

Debout, de trois quarts à gauche, jusqu'à mi-jambes, il est coiffé d'une toque de velours marron, vêtu d'un pourpoint sombre et d'une simarre à bandes d'hermine. La main droite est ramenée vers la poitrine, la gauche pend naturellement.

En haut, se trouve cette inscription :

FILIPPVS STOZZA
LIPPI FILIVS

Toile. Haut., 1 m. 23 cent.; larg., 89 cent.

85 — Sous ce numéro, qui sera divisé, seront vendus des Tableaux non catalogués.

RED. :

22

MIRE ISO N° 1
NF Z 43-007
AFNOR
Cedex 7 - 92080 PARIS-LA-DÉFENSE
graphicom

0 1 2 3 4 5 6 7 8 9 10

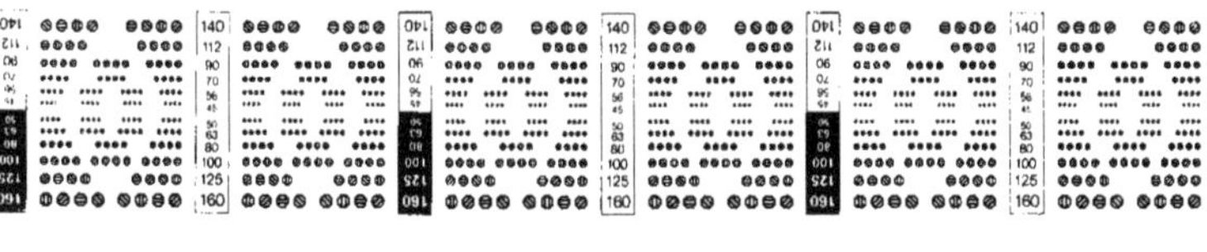